# Analyse de l'œuvre

Par Dylan Alling

# Les vestiges du jour

Kazuo Ishiguro

lePetitLittéraire.fr

# Analyse de l'œuvre

Par Dylan Alling

# Les vestiges du jour

Kazuo Ishiguro

# Rendez-vous sur lepetitlitteraire.fr et découvrez :

Plus de 1200 analyses
Claires et synthétiques
Téléchargeables en 30 secondes
À imprimer chez soi

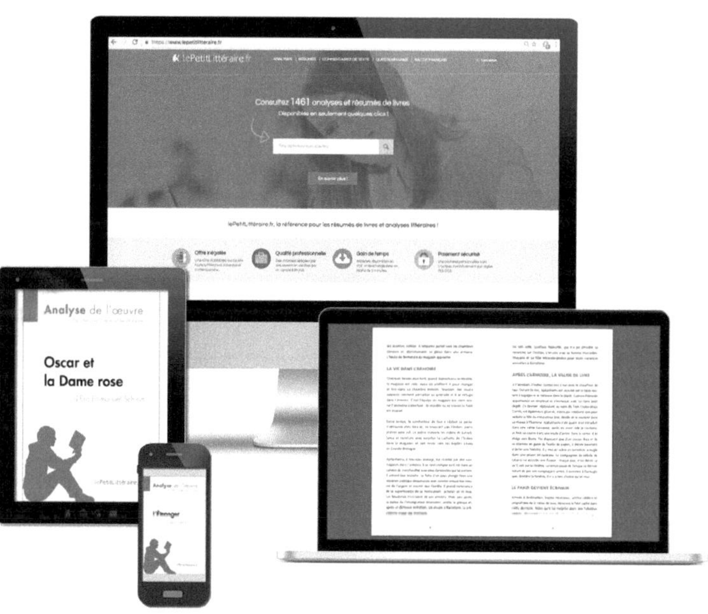

# KAZUO ISHIGURO

## ROMANCIER BRITANNIQUE CONTEMPORAIN

- **Né à Nagasaki, au Japon, en 1954.**
- **Travaux notables :**
  - *A Pale View of Hills* (1982), roman
  - *Never Let Me Go* (2005), Roman dystopique
  - *Le Géant enterré* (2015), Roman fantastique

Kazuo Ishiguro est un romancier britannique né à Nagasaki, au Japon, le 8 novembre 1954. Il a déménagé en Grande-Bretagne avec sa famille à un jeune âge et a fait ses études dans le Surrey, puis dans les universités de Kent et d'East Anglia. La plupart des romans d'Ishiguro placent le lecteur dans le siège passager du long voyage d'un protagoniste, et la plupart de ses œuvres utilisent la narration à la première personne, qui est utilisée pour plonger dans les souvenirs personnels d'un personnage. Ishiguro crée un portrait mental de son protagoniste, ainsi qu'un portrait social de la société contemporaine qui entoure et anime l'histoire. Ce cadre social particulier peut être basé sur la fantaisie (comme dans *The Buried Giant*), il peut être futuriste (*Never Let Me Go*), ou il peut être un cadre historique d'avant-guerre ou d'après-guerre, comme dans *The Remains of the Day*. Ishiguro assume son héritage japonais et la perspective alternative que son éducation japonaise lui a apportée, comme en témoigne son choix de situer son roman de 1986, *An Artist of the*

*Floating World,* dans le Japon de l'après-guerre. L'œuvre d'Ishiguro traite du souvenir et de la nostalgie, de l'acceptation du passé et de l'échec humain, ainsi que de l'examen des systèmes de valeurs fondamentales de certaines sociétés. Ishiguro est un écrivain acclamé par la critique : il a remporté le Man Booker Prize en 1989 et a reçu le prix Nobel de littérature en 2017.

# LES VESTIGES DU JOUR

## LA QUÊTE DE SENS ET DE DIGNITÉ DANS LA VIE D'UN MAJORDOME

- **Genre:** roman historique
- **Édition de référence :** Ishiguro, K. (1989) *The Remains of the Day*. New York : Alfred A. Knopf, Inc.
- **1ère édition :** 1989
- **Thèmes :** l'amour, la vie, le passage du temps, l'Angleterre pendant l'entre-deux-guerres, le professionnalisme, la mémoire.

*Les vestiges du jour* est le troisième roman d'Ishiguro. Publié en 1989, il a reçu le Man Booker Prize for Fiction la même année et a été adapté à l'écran dans une production acclamée par la critique, avec Emma Thompson et Anthony Hopkins.

L'histoire se déroule au cours de la première moitié du XX$^e$ siècle et se déroule dans un vieux manoir anglais, Darlington Hall, situé dans le Oxfordshire. Le roman est constitué d'extraits du journal intime de Stevens, le majordome en chef du manoir, qui est à la fin de sa vie et de sa carrière. Dans ces entrées, Stevens décrit ses souvenirs de l'époque de Darlington Hall et raconte son voyage actuel en Cornouailles, où il doit rendre visite à l'une de ses anciennes collègues, Mlle Kenton. À travers les réflexions de Stevens sur sa vie de majordome, sa relation avec Miss Kenton et sa loyauté envers son employeur Lord Darlington, Ishiguro problématise les thèmes de la servitude, de la contrainte et du sens.

# RÉSUMÉ

## DÉBUT DU VOYAGE DE STEVENS : DE DARLINGTON HALL À SALISBURY

Le roman s'ouvre en 1956. Stevens, notre protagoniste et narrateur, est le majordome en chef de Darlington Hall, un manoir anglais historique qui vient d'être acheté par un Américain du nom de M. Farraday, qui incite Stevens à faire un voyage quelque part pour faire une sorte de pause dans son travail. Stevens accepte la proposition. Il a constaté que le manoir manque de personnel et a récemment reçu une lettre de l'ancienne gouvernante, Mlle Kenton, qui exprime sa nostalgie pour Darlington Hall et son ancien poste. Stevens pense qu'en se rendant en Cornouailles, il pourra profiter de la campagne anglaise et rendre visite à Mlle Kenton, afin de s'enquérir de la possibilité de son retour à Darlington Hall.

Stevens part en voyage et passe sa première nuit dans une pension de famille de la ville de Salisbury. C'est là qu'il commence à réfléchir à sa profession ; il commente le déclin de la qualité des majordomes ces dernières années et réfléchit longuement à la question de savoir ce que signifie être un grand majordome. Cette question s'insinue dans les réflexions de Stevens tout au long du Roman. Stevens conclut que l'essence d'un grand majordome se résume au mot « dignité ». Il cite divers actes de professionnalisme d'illustres majordomes de son époque, dont son propre père, qui servent à illustrer cette qualité de dignité.

Lorsque Stevens se réveille à Salisbury, il pense à Mlle Kenton, qui a quitté Darlington Hall bien des années auparavant pour se marier. Stevens est troublé par le fait que, dans ses lettres, il apparaît qu'elle est malheureuse et que son mariage s'est soldé par un échec. Il se rappelle divers souvenirs de leurs journées à Darlington Hall, au cours desquelles tous deux échangeaient des commentaires acerbes et partageaient un niveau de compétitivité apparent dans leur professionnalisme. Stevens évoque également la mémoire de son père, un majordome distingué qui a terminé sa carrière comme majordome adjoint à Darlington Hall.

## SOUVENIRS DE LORD DARLINGTON ET DISCUSSION SUR LA « DIGNITÉ ».

À ce stade du Roman, Stevens commence à fournir plus de détails sur son employeur. Lord Darlington, le propriétaire de la maison, est un gentleman qui est devenu une personnalité politique influente dans le domaine des relations étrangères. Dans le contexte des suites de la Première Guerre mondiale, Lord Darlington organise une conférence au Hall en 1923, au cours de laquelle il souligne à ses invités l'injustice faite à l'Allemagne après sa défaite à la guerre, et par conséquent son désir de soulager les souffrances de son peuple. Stevens décrit cet événement pour illustrer la nature miséricordieuse et gracieuse de son employeur, mais aussi pour souligner son propre savoir-faire dans la coordination sans failles d'un événement aussi exigeant et prestigieux. En particulier, Stevens se félicite d'avoir réussi à maintenir le bon déroulement de l'opération, alors que son père malade est décédé la nuit même.

Stevens poursuit son voyage à travers le Dorset, le Somerset et le Devon. Il se replonge dans ses souvenirs et se souvient d'un événement survenu à l'époque du Darlington Hall, au cours duquel Lord Darlington a licencié deux de ses employés parce qu'ils étaient juifs. Cependant, Stevens s'empresse de préciser que son employeur n'a jamais été le moins du monde antisémite, mais qu'il avait pris cette décision pour leur propre sécurité, menacée par le climat politique de l'époque. Miss Kenton est furieuse de la décision de Lord Darlington, et elle en veut tout autant à Stevens pour son acceptation docile de cette décision. Le personnel juif est licencié et, de rage, Mlle Kenton jure qu'elle va démissionner, mais elle ne met pas sa menace à exécution. Après cet événement, Stevens se souvient d'une curieuse anecdote dans laquelle Mlle Kenton le surprend avec un livre dans son bureau et, lorsqu'elle lui demande ce qu'il lit, il révèle à contrecœur qu'il lit une histoire d'amour sentimentale, qui, selon lui, est un genre approprié pour améliorer sa maîtrise de la langue anglaise.

Le voyage de Stevens vers les Cornouailles s'interrompt lorsque sa Ford tombe en panne dans un village rural nommé Moscombe. Comme sa voiture tombe en panne à la tombée de la nuit, il décide de passer la soirée et la nuit dans la modeste maison d'un couple local qui lui offre le dîner et leur chambre supplémentaire pour ses problèmes. À ce stade des souvenirs de Stevens, sa relation avec Mlle Kenton commence à se dégrader.

Stevens cesse de boire leur tasse de cacao habituelle le soir lorsqu'il constate la fatigue et le manque d'intérêt de Mlle Kenton. Elle utilise son temps libre pour rendre visite à quelqu'un en dehors du Hall, ce dont Stevens est parfaitement conscient.

Au chalet de Moscombe, les villageois qui accueillent Stevens invitent leurs amis à souper, et ils prennent Stevens pour un seigneur raffiné. Stevens se retrouve dans une petite dispute avec l'un des villageois, qui pense que la dignité réside dans la capacité d'une personne à s'engager dans des affaires importantes, comme la guerre, l'argent et la politique. Stevens n'est pas d'accord car il considère que la dignité consiste à servir loyalement un gentilhomme juste et honorable tel que Lord Darlington, qui est bien équipé pour faire progresser l'humanité.

## UNE RENCONTRE AVEC MLLE KENTON

Stevens arrive dans la ville de Little Compton, en Cornouailles, et alors qu'il attend l'arrivée de Mlle Kenton, il se souvient de la nuit où M. Cardinal, journaliste et filleul de Lord Darlington, s'est présenté à Darlington Hall pour obtenir des informations sur la conférence internationale qui devait avoir lieu ce soir-là. Dans cet épisode remémoré, Lord Darlington doit rencontrer l'ambassadeur d'Allemagne et M. Cardinal est frustré par l'attitude indulgente et accommodante de Lord Darlington face à la montée en puissance des nazis en Allemagne. Stevens fait savoir à Mlle Kenton qu'elle doit préparer la chambre de Lord Cardinal, et à ce moment-là, elle lui annonce sans détour que la connaissance qu'elle fréquente à ses heures perdues a demandé sa main. Elle note la tristesse sur le visage de Stevens, mais il ne fait aucun commentaire sur son mariage potentiel et la félicite stoïquement.

En Cornouailles, Stevens et Mlle Kenton sont enfin réunis. Elles échangent des plaisanteries et se souviennent de l'époque où elles travaillaient ensemble à Darlington Hall. Mlle Kenton assure à Stevens que son mariage, bien qu'instable, n'est pas une source d'inquiétudes. Il est clair qu'elle ne reviendra pas travailler au Darlington Hall. Au moment de se dire au revoir, Mlle Kenton exprime son angoisse en se demandant si elle aurait pu avoir une meilleure vie, et mentionne même qu'elle pense à une vie qu'elle aurait pu avoir avec Stevens. Stevens lui dit de ne pas se perdre dans des idées aussi folles, après quoi les deux se disent au revoir. Le lendemain, Stevens est encouragé par un étranger assis à côté de lui sur un banc à essayer de profiter du reste de sa vie, et après cet échange, il retourne à Darlington Hall.

# ÉTUDE DE CARACTÈRE

## STEVENS

Stevens est le majordome en chef de Darlington Hall et le protagoniste-narrateur du roman. Au moment présent du Roman, il est un homme dans la seconde moitié de sa vie. Son employeur, M. Farraday, lui fait remarquer au début du roman qu'il a l'air d'avoir besoin d'une pause, ce qui nous indique qu'il a l'air fatigué et âgé (p. 3). Stevens est un individu exceptionnellement travailleur. Il est calculateur et délibéré dans ses actions, et professionnel au point que nous commençons à perdre de vue sa dimension émotionnelle, car il est si strictement concentré sur les questions professionnelles. Stevens est poli, courtois et loyal. Parfois, il n'est pas conscient des signaux sociaux, et la capacité à faire de l'humour en compagnie des autres ne lui vient pas naturellement. C'est un personnage modeste qui apprécie les plaisirs simples tels que les charmes qu'un petit village anglais peut offrir, comme une passerelle en pierre pittoresque ou un ruisseau paisible. En fin de compte, deux des caractéristiques qui définissent Stevens sont son traditionalisme et son optimisme : il croit en l'amélioration continue de soi et estime qu'il est dans les capacités de chacun de viser la grandeur. Ce trait de caractère est illustré par la fin légère du roman, dans laquelle Stevens a hâte de retourner à Darlington Hall pour aiguiser ses talents de badineur.

## MLLE KENTON

Mlle Kenton est la gouvernante en chef de Darlington Hall et la plus proche connaissance de Stevens. Au fil du Roman, nous voyons sa relation avec Stevens évoluer, même si elle reste professionnelle. Comme Stevens, Mlle Kenton prend son travail très au sérieux et s'acquitte de ses tâches avec efficacité et compétence, mais contrairement à lui, elle est un personnage plus vivant et plus coloré. Il est intéressant de noter que l'un des premiers souvenirs de Mlle Kenton dont se souvient Stevens raconte qu'elle est entrée dans sa chambre avec des fleurs pour égayer son salon dépouillé et mal éclairé. Cet acte symbolique permet d'illustrer comment Mlle Kenton apporte dynamisme, beauté et (littéralement) couleur dans la vie de Stevens. Miss Kenton est curieuse et parfois têtue et défiante face à l'autorité, comme le montre le défi qu'elle lance à Stevens lorsqu'il lui demande de « parler plus fort » à son père, qui est en fait dans une position subordonnée à la sienne. Miss Kenton quitte Darlington Hall pour poursuivre ce qui finira par être un mariage malheureux, et elle réfléchit avec tendresse et nostalgie à ce qu'aurait été sa vie si elle était restée à Darlington Hall, à proximité de Stevens.

## LORD DARLINGTON

Lord Darlington est le propriétaire de Darlington Hall et l'ancien employeur de Stevens et du reste du personnel dans l'entre-deux-guerres. C'est un homme grand et mince d'une cinquantaine d'années. Lord Darlington est un symbole de tradition et représente les valeurs de confiance, d'honneur et de moralité. Les écrits de Stevens nous apprennent que Lord Darlington s'est battu pour alléger la punition imposée à l'Allemagne après sa défaite lors de la Première Guerre mondiale. La sympathie de Lord Darlington envers les Allemands s'est poursuivie dans les années 1930, lorsqu'il a contribué à l'apaisement des nazis, une décision fondée sur un désir de paix, mais qui s'est avérée désastreusement imprévoyante. Lord Darlington est un personnage de haute stature morale, mais dans le contexte d'un climat international hostile et dangereux qui exige une diplomatie avisée, il est peut-être trop engoncé dans l'ancien système de valeurs traditionnel basé sur l'honneur et la confiance.

## M. FARRADAY

M. Farraday est un riche gentleman américain qui, au début du Roman, est devenu le nouveau propriétaire de Darlington Hall et donc le nouvel employeur de Stevens. M. Farraday offre un contraste avec Stevens et Lord Darlington et la solidité du rituel anglais qu'ils représentent. Par exemple, sa manière plus décontractée et informelle d'interagir avec le personnel, illustrée par le fait qu'il encourage Stevens à prendre du temps libre pour lui et qu'il badine avec lui sur des sujets inappropriés, trouble Stevens. M. Farraday marque le passage du temps et l'émergence d'une nouvelle génération libérée des rênes serrées du professionnalisme traditionnel.

# ANALYSE

## L'ANCIEN ET LE NOUVEAU

Au cœur du texte d'Ishiguro se trouve le conflit entre tradition et modernité, entre ancien et nouveau. Stevens est un personnage efficace à travers lequel nous pouvons considérer ce conflit, car il est majordome dans une grande maison anglaise – une profession ancrée dans la tradition qui, dans le monde d'aujourd'hui, nous semble quelque peu dépassée. Écrivant en 1956, Stevens affirme que le professionnalisme du passé est « presque impossible à trouver de nos jours » (p. 9). La disparition du professionnalisme que Stevens constate est représentative d'une progression générale plus large d'une société traditionnelle à une société moderne.

Ishiguro illustre cette transition notamment en faisant référence à l'honneur et à la loyauté. Tout comme Stevens pense qu'il est honorable de rester loyal envers son employeur Lord Darlington, ce dernier estime qu'il est moralement sain de rester digne de confiance envers ses associés politiques allemands. La confiance que Lord Darlington accorde à la nation allemande facilite l'accession au pouvoir des nazis, ce qui constitue une erreur de jugement manifeste. Lors d'une des conférences internationales organisées à Darlington Hall, un Américain du nom de M. Lewis accuse Darlington et ses collègues d'être des amateurs dans le domaine des affaires internationales. Il annonce avec mordant que « les jours où vous pouviez agir en fonction de vos nobles instincts sont révolus »

(p. 102). M. Lewis affirme que dans le monde dans lequel ils se trouvent maintenant, faire ce qui est *juste* ne signifie pas nécessairement faire ce qui est noble et moralement vertueux. Ishiguro présente ainsi le dysfonctionnement d'une génération qui place les valeurs de l'honneur et de la loyauté au-dessus de celles de la rétorsion, de la négociation rusée et du pragmatisme.

Il est significatif que M. Lewis, un adversaire de Lord Darlington, vienne des États-Unis. La division entre les États-Unis et le Royaume-Uni est un autre moyen par lequel Ishiguro présente le changement de la société mondiale. Les deux personnages américains du roman, M. Lewis et M. Farraday, représentent une opposition ou un contraste par rapport au Lord Darlington, qui est vieux jeu, et nous pouvons donc associer les thèmes et les valeurs auxquels ces personnages sont associés au monde moderne émergent : réalisme, dureté de caractère, informalité, attachement à l'argent, etc.

## SOUVENIRS

*The Remains of the Day* est structuré sous la forme d'un journal intime. Le lecteur n'assiste pas au déroulement de l'action, mais voit les événements de l'histoire à travers la fenêtre des souvenirs de Stevens. Il est très important de reconnaître que tous les épisodes du roman sont passés par le filtre d'un seul personnage et que cela façonne la façon dont le texte se présente. Stevens est un personnage exceptionnellement froid, posé et rationnel, et il n'est donc pas surprenant que la narration soit équilibrée, qu'elle ne soit pas trop rapide et que la séquence des événements racontés soit logique ; le roman entrecoupe les souvenirs de descriptions du moment présent qui se complètent de manière parfaitement équilibrée.

Stevens est également un personnage complexe sur le plan émotionnel, et c'est peut-être la facette la plus inté-ressante de son caractère révélé par sa narration. Étant donné que Stevens place le professionnalisme au-dessus de la reconnaissance de ses propres émotions, aux moments où il est émotionnellement sensible, il refuse d'exprimer son chagrin et nous ne l'apprenons qu'à travers le *dialogue* d'autres personnages. Par exemple, lorsque son père tombe malade, Stevens continue de travailler et ne fait aucun commentaire à ce sujet. La seule façon dont nous apprenons que Stevens est triste est la remarque de Lord Darlington : « On dirait que vous pleurez » (p. 105). Le refus de mentionner ses propres sentiments est un moyen très efficace de montrer com-ment ce personnage refoule ses émotions, permettant à leur seule manifestation d'être involontaire (les larmes).

## AMOUR ET PROFESSIONNALISME

L'amour et le professionnalisme sont deux thèmes centraux dans ce texte car ils offrent un conflit. Dans le monde de Stevens, il n'y a pas l'ombre d'un doute que la poursuite romantique est contraire au professionna-lisme. Mais cette conviction bien ancrée ne l'empêche pas de ressentir intérieurement un désir pour Miss Kenton. Le terme « intérieurement » est crucial ici, car pas une seule fois Stevens ne s'accorde l'espace néces-saire pour réfléchir ouvertement à ses sentiments pour

Mlle Kenton. Comme il le dit, si un majordome doit être « grand », alors le seul moment où il met de côté son professionnalisme est lorsqu'il est complètement seul ; Stevens est conscient de la présence de son lecteur et ne s'écarte donc jamais de son rôle.

Pour cette raison, nous devons lire dans les implications des mots et des actions de Stevens. Il dissimule son flirt avec Mlle Kenton sous le couvert du professionnalisme, par exemple leurs « soirées cacao », au cours desquelles ils commençaient à discuter de sujets professionnels avant de dériver vers des sujets triviaux plus « inoffensifs », « ce qui faisait beaucoup, il faut le dire, pour soulager les nombreuses tensions produites par une dure journée » (p. 157). Plus que de simplement « soulager les tensions d'une dure journée », Stevens communique qu'il aime passer un moment de détente en sa présence ; c'est quelque chose qui le rend heureux. Le lecteur doit déchiffrer de tels commentaires, car Stevens ne parle que de la façon dont une chose affecte son travail, et jamais de la façon dont elle le rend heureux ou malheureux.

Comme tous les humains, Stevens est un être émotionnel, mais en raison des normes professionnelles extrêmement élevées qu'il s'impose, il n'a aucun moyen d'exprimer ses émotions. Par conséquent, nous ne pouvons la détecter que dans des moments spécifiques et peu fréquents, comme lorsque Stevens est surpris en train de lire une histoire d'amour sentimentale. Il est clairement embarrassé lorsque Mlle Kenton s'introduit dans son bureau et demande à savoir ce qu'il est en train de lire, car il hésite à lui montrer le titre du livre. Lorsqu'il finit par révéler qu'il est en train de lire une histoire d'amour sentimentale, il justifie son choix en faisant référence à son travail, en disant que cela améliore sa maîtrise de la langue anglaise, une qualité que tous les grands majordomes doivent posséder. Tout comme Stevens justifie ses soirées cacao avec Miss Kenton en affirmant qu'elles sont essentielles au bon fonctionnement de la maison, et son voyage en Cornouailles en prétendant qu'il s'agit de remédier au problème du manque de personnel à Darlington Hall, il justifie la lecture du roman d'amour par rapport à sa profession. En d'autres termes, Stevens réprime ses émotions en les subordonnant aux besoins professionnels de son travail.

# POURSUITE DE LA RÉFLEXION

## QUELQUES QUESTIONS À MÉDITER...

- À la fin du roman, Stevens a une conversation avec un étranger sur un banc qui fait référence au titre en encourageant Stevens à profiter du reste de sa journée étant donné qu'il a «fait son travail de la journée» (p. 244). À votre avis, pourquoi Ishiguro inclut-il cette brève conversation à la fin du roman? Pensez-vous que Stevens est susceptible de tenir compte du conseil de l'étranger?

- Ishiguro aurait-il pu situer ce roman à n'importe quelle époque et n'importe quel endroit? Quelle est l'importance du contexte historique particulier pour faire avancer les thèmes et le message du roman?

- Dans quelle mesure êtes-vous d'accord pour dire que Stevens est une voix narrative fiable, et que nous pouvons faire confiance à son compte rendu des événements de l'histoire?

- L'un des thèmes qui apparaît dans de nombreuses œuvres d'Ishiguro est l'inévitabilité de l'échec et des défauts de l'homme. Ce thème est-il applicable à *The Remains of the Day?* Pourquoi/pourquoi pas?

- Étant donné que les normes et les attentes professionnelles de Stevens sont si élevées, il fait souvent des commentaires qui nous semblent comiquement exagérés, comme lorsqu'il compare le garde-manger du majordome au «quartier général d'un général pendant une bataille » (p. 165). En quoi la narration de Stevens est-elle un moyen efficace d'insérer de l'humour dans le roman ?

- Lorsque Mlle Kenton et Stevens se rencontrent enfin à la fin du roman, Stevens remarque : « Eh bien, quoi qu'il m'attende, Mme Benn, je sais que ce n'est pas le vide qui m'attend. Si seulement je l'étais. Mais oh non, il y a du travail, du travail et encore du travail » (p. 237). Discutez de la façon dont Ishiguro crée ce contraste entre ce que le lecteur considère comme vide et ce que Stevens considère comme significatif. Si vous deviez demander à Stevens quel est le sens de la vie, que pourrait-il répondre compte tenu de ce que nous savons de son personnage ?
- Tout au long du roman, Stevens réfléchit à la « grandeur » de l'Angleterre, affirmant que le stoïcisme et le sang-froid d'un majordome anglais sont tout simplement inégalés. À votre avis, Ishiguro célèbre-t-il cette prétendue « grandeur » ou la critique-t-il ? Expliquez votre réponse.
- En 1928, toutes les femmes et tous les hommes âgés de plus de 21 ans ont obtenu le droit de vote, ce qui a donné lieu au suffrage universel. Comment la question du rôle du citoyen ordinaire dans les affaires nationales apparaît-elle dans le texte d'Ishiguro ?

# AUTRES LECTURES

## ÉDITION DE RÉFÉRENCE

- Ishiguro, K. (1989) *The Remains of the Day*. New York: Alfred A. Knopf Inc.

## ÉTUDES DE RÉFÉRENCE

- Wong, C. F. (2000) *Kazuo Ishiguro*. Plymouth: Northcote House en association avec le British Council.

## ADAPTATIONS

- *Les vestiges du jour.* (1993) [Film]. James Ivory. Réalisateur. UK/USA : Merchant Ivory Productions, Columbia Pictures.

Votre avis nous intéresse !
Laissez un commentaire sur le site de votre librairie en ligne
et partagez vos coups de cœur sur les réseaux sociaux !

# lePetitLittéraire.fr

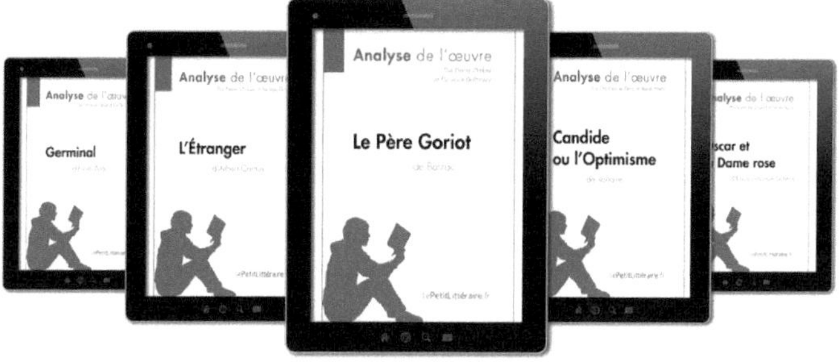

- des analyses de livres
- des fiches de lectures
- des commentaires littéraires
- des questionnaires de lecture
- des résumés

## Retrouvez
## notre offre complète sur
### lePetitLittéraire.fr

www.lepetitlitteraire.fr

ISBN version numérique : 9782808684538
ISBN version papier : 9782808685337
Dépôt légal : D/2023/12603/1033

Conception numérique : Primento,
le partenaire numérique des éditeurs.